滑車

谷元益男

思潮社

滑車

谷元益男

思潮社

滑車　目次

装幀＝思潮社装幀室

滑車

I

アオサギ

植えて間もない田に
映るサギ
苗は赤子の手のように
穂先をまるめ
その隙間に川向こうの高い杉が
黒く　横たわっている

尖った杉の先に
一羽のアオサギが羽をやすめ
足や羽をのばし

獲物をひそかにねらっている
陽はすこしずつ傾き
張られた水が布を広げたように
表面を被いはじめた

サギは　水に映らないものを
狙っている
やわらかく泥に踏み込んだものだけが
今になって
亡霊のように浮き上がってくる
鳥は首をのばし　そこに村祖がいないか
じっと見入っている

田の水も無くなり

ふたたび　鳥の羽音がした
先祖の　気配と
田に残ったものが
土地のものらが恐れるかたちになり
頭上で一声
ノドを震わせ
見えない鳥は叫び声をあげる

イト

イトは
まるく　ちいさく張られている
見えないところで
わずかに方向をかえ
音をのみこむまぶしに吊るされている

ほとんど眼が見えず
重なった幻の葉に寄り添っている
農夫の眼元から体の中に入りこみ
記憶の襞を少しずつ喰いながら
大きくなっていく

透きとおった虫は
死が近づけば
ほそい生身に鋭いイトの刃をかかえ
月の影も切っていく
遠くでうまれ
白い闇に埋もれて　跡形もなく
消えることをかんがえる

（ヒトは　なにかを殺めて　生んでいる）

虫にとって
ヒトは
いらない

かけら

うごめくものは　ことごとく
木の下にかくれている
その山から　斜面の岩に
色が染み出て
根のようものを
けりだす

細いパイプの片方が
うす暗い場所で　泥に埋まっている
生きていくものは

腐った落葉のなかで身をよせ
かたちとならず　その中を
流れていく

継手で遠くまでのび
闇のなかに
ほそい光も隠しとおす
離れていく低い声だけが
死に手を　つながれ
ひかれていく

気がつくと　据えられたタンク近くの
水辺に
生きていたときの

声のかけらが
青くひかっている
まるみを帯びた
苔となって
指切りしながら浮いている

温もりの失せるところ

にわかに風が立ち
竹の先が蛇の尾のように震え
小屋の片隅に
枯葉も寄りはじめる
老いた男は　風をさえぎるため
筵を立て掛けて
その脇で　湯を沸かし始めた
石をつつむ曲がった根は
爪をのばした鳥の足のように

ゆれながら近づいてくる
捕えることのできないものが
鶏舎の方から
微かに伝わってくる

逃げまどう空間
生まれたばかりの
一握りの空を見逃さず
ひとおもいに引き剝がして
男は背を丸めて
鶏舎の外に出る

釜に近づき
卵を入れたザルを湯に吊るして

離れた場所で息絶えるのを待つ
向かい側の木が
羽をのばしたように
辺りを
柔らかく撫でている

温もりを失っていく
卵を抱き
筵の陰にしゃがんでいる
白い湯気の先に
微かな雛の声がして
男が　思わず手をのばすが
仔の　姿は見えない

藁

ある時　腐りかけたムシロを
はがすと　その下に
産まれたばかりのネズミが
折り重なって死んでいた
数年前
亡くなった祖母が
つかまえ損ねたもののつながりだ

住んでいた家は
仏壇ごと遠くへ流され

向きをかえ　湿地に
うちあげられた
そこにもネズミの声が染みつき
流された位牌をかじっている

屋敷跡に
肌色の子が頭をもたげ
土から生えた指のように
手招きをしている
先に逝ったものが
呼び戻されて
うごめいている

ひとは亡くなると

湿ったワラの中で
年をとっていく
ほそくつながれた
人の世は
ムシロの裏にある

窪地

透明な糸が
小さな虫を　天《そら》にはり付ける
一夜明けると
身を伏せていたムラびとの
背中にも　糸が絡みつき
通りすぎた顔や
呑み込んだ声が　吊り下がっている

この地のあらゆるところに

張りめぐらされたものは
強い風にあおられ
弧を描きながら
窪地と山裾を渡って
土地の奥深いところに
引かれていく

藪のなかに
ミカンの皮が　赤く燃えている
糸は　そこに近づいていく
やわらかい落ち葉の上で
糸は　一人の男を
解き放ち　そこで息が絶えるのを
見とどける

死のかたちを残して
躰が落ち葉もろとも
ゆっくり　溶けていく

やがて
天が
蜘蛛に
捉えられた

向こうの空

鶏は　群れから引きはなされて
鳴いていた先ほどまでの声が
囲った板のすき間から野太くきこえる
東向きの空の下で
どのいきものも
足先の闇を
短い嘴でついばんでいる

エサをやる動きと同じ息遣いで
囲いのなかにはいり

老いた女は　見定めた空間に
いきものを追い詰めていく
羽ばたきもせず
しずかに捕えられ
女の手にとってかわる

運ばれる気配の中
還って来ない時が　辺りをうかがっている
道をわたるとき　低い声で
生をかすめとるように啼いた
渡った先に　刃物もつれていく
持ち帰る刃先には
切られた声のかけら

首のさけ目からほとばしる
生きた時間と　温かい血
楽しんだ時間の長いものから
先に逝く
最後のかたちを空にひろげ
老女の肩に
抑えられないはばたきの影を
落としている

死を受け取ったものが
むこうの空で
身を低くして
俯せている

Ⅱ

クヌギ周辺

クヌギの葉が落ち
積もった底の方から土に近づいていく
虫の音も
腐る葉にしみこんでいる
積まれた堆肥のなかにも
凍てつく　夜の
冷気は降りていく

堆肥を
手前から崩していくと

白く丸まったおおきな幼虫が
何匹も転げ落ちてきた
月を輪切りにしたような
くすみを持った虫だ

夏の盛りに黒い羽をもつ虫の幼虫が
半分は透明な体の中に
くろい塊が見える
クヌギのそばで働いてきた男の
頭のようにも見え
透きとおりながら　消えかかっている

拾いあげ
その虫を　手づかみで懐に放る

虫は
堆肥に包まれた思いとともに落ちるが
すでにクヌギは　昨年の夏
伐り倒されていた

ちいさくなった自分の姿が
いま
腐葉土に包まれ
みごとに
羽化しはじめる

触角

生まれたときから
細いヒゲを　地面に擦りつけ
時がたつと
にわかに動きだすのだ
飢えているときは　獲物を
視るよりはやく
捕ることができる

木のすき間から
触角だけが　見えかくれし

揺れる背中に子を背負い
開けた口の中から
さらに小さな闇を吐き出している

部屋の隅に据えられた
太い木
その中に　穴があいている
真冬の寒さを何回もくぐり
木は半分に割られ
縦に置かれている

穴のなかの小さな仏像が
後ろからのひかりに照らされて
浮き上がっている

ひとの死骸が
小さく連なって出てきたような像で
薄明りのなかにほそい腕が
潜んでいる

木から　視線をひくと
そこには
口を開けた自分の
姿があった

敷地

雷鳴の朝は
水をうったようにしずかな間があり
石さえも痛みを
滲ませている
あばら屋の北側に植えられた
サトイモの長い茎が透きとおって
葉は空からおちたように
激しく裂けて　おびえている

仰向けになった古い鍋が

ひろげた傘のように
雨をよせていた
柿の木の根元にも雨は落ち
周囲の草も溶けて
すでに　形はここにはなく
土にしみこんでいる

同じ敷地に建つ小屋で
鶏は声を出すまえに潰される
毛をむしってさばいていく
鳥の中身も　すべて
病んだ雨だ
人の見ないところで
水も根を張っている

影までがとけていくのを
眼にするとき
ひとも
空の淵へ
薄く立ちのぼって
霧のように消えていく

根の伝説

静かな山あいにこそ
木は生きている
小道すらない斜面のさきに
崩れるような断崖がある
木は
空間に枝をのばすほどに
地下にも根を張る
見えない底に

のびていく糸のような根

平たんより斜面が生きやすいと
木はいう
流れてくる水で
息を吹き返すのだ
石の壁があると　方向をかえ
大きな岩に　いきものを感じ
おののき　おびえた根を張るのだ

葉がしげって
枝と枝の間から闇が生まれる
やがて　一面暗がりが辺りを埋め
すべての木も眠りにつく

わずかに見える稜線から
ウンカのようなものが飛んできて
樹皮にとりつく

地中で根をのばして
さらに暗い隙間に入り込み
岩の奥のしずくを飲む
山あいで姿を見かけなくなった村人の
かぼそい挨拶が
ひと塊になって
果実のように枝にゆれている

木はひとのように死なない
幹が切り倒され

やさしく包む枝が
骨となっても
根は　伝ってくる樹液の影をもとめ
斜面に　とどまっている

薪

むしょうにタキギを採りたくなる
男の倒した大木は　先ほどまで
一面　空を突き刺していた
広がった枝の木だけがえらばれ
腰がのびた幹に
鋸をあてる

なぜ
これほどまでにタキギを採ることに
とりつかれるのか

家の周囲は束ねた丸太や枝で
取り囲まれる
だが男は　薪をとっている気はしない
身近で亡くなった村人の
思いを　同じ長さに切り
束ねているのだ

一日の終わりを区切るため
祈りのように枝を折る
まがっていく腰は
数珠のように　痛みがつながっていく
その疲れを洗い流すため
薪は焚かれるのだが
よく見ると　束ねられたものは

干しあがった村の蛇たち

小屋のなかでふえつづけ
ひたすら枯れていく
この屋敷に　人の姿が消えたとき
ふたたび炎に取り込まれる
村びとの手のように
かたく握られたまま
灰に近づくことを
ねがっている

空の杖

ころばないために杖をつく
その杖を途中から切り取ろうとする
あらゆる検診をくりかえしても
はっきり映し出されず
得体の知れないものが胸の奥に
根づきはじめた

老婆は
その張った根に気付かず
遠くで　かすかに揺れる枝としか

見ることができなかった
だが　ひとりの男の目に
それは留まり
老婆を病と向き合わせた

ながれていく闇の中で
その異物は大きくなり
右の肺に生えた一本の支柱は
泳ぐものを繋ぎ
ロープで縛ったように病の種が
引っかかって　宿っている

老婆は
畳に箸を突き立て

食べることも拒もうとする
生まれた土地から
押し流されないように
ベッドの端に足を繋ぎとめている

ついていた管が
すべて　はずされたとき
躰は夕暮れの深い空に
しずかに
埋められた

空から
杖が
——消えない

木片

斧を振るうと
割れる木の音が
目前の山に吸われ
やわらかな音となってかえってくる
割れた丸太は
ひびの目にそって水脈が走り
血の管のように
鈍くひかって見えた

この丸太は

長いあいだ
庭の隅に積まれていた
木を伐り倒した男は
数年まえに
息をひきとったが
だれ一人その男を
弔うものはいなかった

斧が　木に食いつき
割れた隙間から親指ほどの虫が
何匹もこぼれ落ちた
動きは鈍っているが
刃物を握った男の手のかたちで
死んだ日の

あの空を掴もうとしていた

木の間を縫って
白い指が
山へ戻ろうとする
落ちた木の破片が重なったまま
わずかに北を向いて
手を合わせている

骨のツタ

山裾に　まだ陽が残り
舗装道路はあかるい
毛並の整ったアナグマが
斜めに横切っていく
幾筋もの山に囲まれたこの地は
あらゆる生きものが
右往左往している

舗装はされても

脇から山につながった奥は
背の高い木や見たこともない草に覆われ
少しずつ人を引き離していく
老いることしかないこの土地は
手の付けられない草木を
遠くから見ることしかできないのだ

獣を見た男は
数日後　病に倒れた
ある者は　股の下を
黒い蛇が　くぐり抜け
倒れたまま草に埋まり
白骨と化した
山のいきものは　さらに息を荒くした

山に睨まれた村は
消えようとしている
人は田畑や家畜を手放し
大木に巻きつく　腕のようなツタに
巻かれてのたうち
生きものは息の根がとまる

忍び寄る　ツタで
舗装も一面覆われ
奥深い山は
何かが這ったように
濡れている

Ⅲ

滑車

百歳に近い老女が病院で
息を引きとって　息子の家に帰ってきた
外は寒く　ときどき　あわく照らす月が
草の先に凍ったひかりを溜めている
数人の村人らが集まって
老女はかかえられて仏間の畳に寝かせられる

食べることも難しかった体は
ほほ骨の線が飛び出て　毛をむしったスズメの
ように　細くとがっていた

すこし離れた牛舎にいる何頭もの牛が
深夜なのに　老女がはこびいれられるとき
甲高い声で啼き　凍てつく闇にかき消された

牛舎のある部分が　電燈に照らされて浮き上がっている
拳より　おおきな穴が　闇にあいて
牛が　いま仔を産むところだった
わずかに見える　仔の前足が　なかなか出てこず
親牛も弱っている
男は　仔牛の前足をロープで縛り　滑車に
引っ掛け　ゆっくり力を加える

息をひきとった老女が畳の上で　徐々に硬くなる
老女の　胸の前で組まれた細い腕を　くぐり抜け

仔牛は生まれかわりのように
わずかに光る藁の上にずれ落ちた
親の舌が絶え間なく仔をなめることで
仔牛は薄闇を背負って　立ち上がった

母屋と牛舎をつなぐ波うつ闇から
引き出されたもの
滑車の先で前足を折って
祈りの姿勢でたたずむものは
老女の影か　牛の影か
見分けがつかない

わたしはしずかに
拍手をおくっていた

死に水

小屋の片隅で
まだ生きていた
汚れた床に　嘴を突っ込み
かろうじて息をし
ワラ筋をくわえていた
眼を凝らすと
胸のあたりが　かすかに動いている

堅い殻を突き破って
出てはきたが

ついに歩くことはできなかった
親鳥が　たえず
呼び起こしているが
躰を伏せたまま
羽を動かそうともがくばかりだった

ぼくは見かねて
鶏舎に足を踏み入れ
その小さないきものに
先の細い容器で水を与えた
小さい嘴を開き
何回となく水をのんだ

ぼろで小さな床をつくり

そこに　いきものを寝かせた

ほどなく
いきものは　動かなくなった
小さな空間は
なお　圧しつぶされるような
藁で　子の首を縛るような
つらさをおぼえた

ちいさな二本の足が
交互にうごいて
遠ざかっていく
喉に水をため
どこかへ引かれていく

小屋の中から　微かな
幼児の
なき
声

糸瓜

夏には
せきをきったように芽が出て
茎が方々にのびる糸瓜《へちま》
支柱を　這い
濃い緑の実は
ウサギのように空を仰いだ

霜に何度もうたれ
枯れた茎に数本の
糸瓜がぶらさがっている

どれも　茶褐色に干からび
皮は　まだらに
吊り下がっている

女は若いとき
その実を　幾度となく食べた
牛の舌のように
やわらかく巻き　溶けていく
だが　寒風のもと枯れた糸瓜は
くびを細くして
竹ざおの先で　月にしずむ

空風に　皮膚をはがされ
網目のようなものがむきだしている

枯れた二本のヘチマが
老いた腕のように小さくなり
地面になじみはじめている

畑を耕し　草を刈っていたおんなを
いま　火の中に放る
火は勢い　燃えあがり
細い脚のように
ゆっくり
立ち上がる

似我蜂

台風の翌日
軒先の低いところを蜂が
さかんにとびまわっている
空のすきまから落ちたように
頭のなかを
縦横に羽音が線をひいていく

青虫をくわえて
穴に引き摺りこんでいる
まだ　生きている虫は首をふり

緑を背負ったまま
腰を折った男の姿に似て
地表を迷ったように這っている

このムラの　奥まった所に
むき出しになった骨が
雨に打たれている
そこにも　羽音が何回も行き来し
何かを　はこんでいる
徐々に固まりながら
血のようなものが滲んでいる

山を背負った男の
骨の中にも蜂が　一匹入り込んでいる

両手で振り払っても
遠ざかるものを
落とそうとする動きだけが
地面に陰として残る

蜂が飛べなくなったとき
白い筒のなかにはこび入れたものが
ゆっくり　生まれながら
おとこの中で
うごめきはじめる

消えるところ

ムラの防災無線から
繰り返しながれるスピーカーの声
隣村の老いた男が
昨夜から行方不明だった

にわとりが鳴くころに
出ていったが
男の
引きずる陰のようなものを感じ

鳥も声をたてない

老いて　何処に
向かっているのか
足もとに幼かったころのものが
糸のようにからみ
両手は
病の巣を振り払うのにやっきだった

見知ったひとが
おおきく曲がった道から
こっちをうかがっている
川のはじまる場所に
辿り着くと

影をひきちぎって流しはじめるのだ

人は
きえるところを知っている
奥深い　その山
人と木が見分けられない
場所が
そこには
ある

川の淵

前を流れる小さな川に
おとこは魚を飼っている
青く深い山に囲まれたその川は
豪雨にならない限り
角のとれた小石の隙間を
ほんのわずかに流れるだけだった

竹藪に覆われた下に
少し深い　澱みがある
大雨で　うがたれた岩が

大きく口を開け　水を欲しがっている
その奥で
黒く大きな魚が
一匹泳ぎ回っている

その魚はどこから
遡ってきたのか
おとこは
何度か黒い背びれと揺れる尾を
見たことがある
水底には　ヒレを手のように振っている姿が
映っているだけだ

悠然と泳ぐ魚は

捕えようと思えばすぐに仕留められた
だが　男は釣り竿もヤスも手にしない
この地で亡くなっていく影が
狭いあぜ道を
しずかな足取りで歩をすすめている

ながれの穏やかなとき
おとこに連れられて土地のものが順に
川の淵を降りていく
水中に身を沈めると
ムラビトの躰に　うろこが浮き出て
エラや骨のかたちが徐々に
見えはじめる

沢の声

人里はなれた山奥に
分け入った女は　斜面で死んだ
被いかぶさる枝をかきわけ
水源地に向かう途中
首に鈴をつけた足の長い犬が
女の前を通りぬけた
犬が女にけしかけるように動いた瞬間
銃声が深い沢をぬい

波打った

穂を拾うように
腰の曲がった女は
猛犬に追われる獣にまちがわれ　撃たれたのだ
切り立つ沢は
わずかに流れる水と　老女の血で
褐色に変わり
女の最期の悲鳴を　二匹の犬がくわえて
地を這うように駆けていく

近寄ってきた男は　とっさに
銃を放り投げた
吐き出した地声が斜面を

岩となってころがっていく
男が　抱きかかえた女は
妻だったのだ

すでに息は絶え
曲がった腰骨が
牙のように　とがっていた
男が　水源にむかって
けもののように叫んだとき
山も
ひざまずき　崩れはてた

沢蟹Ⅱ

春も浅い日
かたい芽の木々をかき分け
おんなはふたたびこの地に　足を踏み入れた
水は　わずかに息をしながら
山肌に吸われていた
岩石につつまれ　少し溜まったところに
産まれたばかりの沢蟹の子が沈んでいるが
砂粒と見分けがつかない

さらによく見ると

腰の曲がったおんなに似て
エビの幼虫も
同じ色をして
わずかな水で
生きのびている

前夜

おんなは薄いまな板で　わずかな菜をきざみ
すきとおった水で汚れを洗いながした
凍てつく朝を迎えた村の
空き地のような　おんなのせまい胃に
沢蟹が寄り集まっている
節々や背骨にたどり着こうと
水のある場所で這いずっている

沢蟹の子は　何日もかけて
山裾をはしるパイプを流れ
おんなに辿りついた
なかには　糸ミミズもからまり
もんどりうち　力なくパイプの
縁に垂れさがっていた

年をつむいだおんなの顔に
黒い血のような
幼虫が張りつき
やがて　すべての骨がパイプのように
見通せたとき
子はしずかに流れていく

反転

顔を赤く染めながら
息をあげて男は話した
飼っている牛が
早朝　仔を生みはじめたのだ
だが　男はすぐに気が付いた
逆子だった

必死の思いで　産ませることができた
気付いたとき　男は
産まれた仔を抱きかかえ

胸元は血まみれになり
熱くなる気持ちを抑えられず
涙がこぼれてしかたなかった

自分の病のことも忘れるほどだった男は
それから　数カ月後
還らぬ人となった
焼きあがった男の骨を
拾うとき
子牛が生まれたときのように
横たわっていた

やさしく納める骨だけを
かわるがわる拾って骨壺に入れた

残された骨が
子牛の形にならべかえられ
手綱を男の手に渡した

子牛が大きく駆け出すとき
逆子が　ゆっくり
反転して
男の手に引かれ
牛舎の前を　しずかに
とおり過ぎていく

あとがき

今回の詩集名は、光栄にも第二十四回 伊東静雄賞を受賞させて頂いた「滑車」という作品に依った。

この狭い村で、生まれて死んで逝く、多くのいきものの「日常」を視たい。生まれることの喜びよりも、死のなげきの方が多い、小さな「村」の人々。

作品は、詩誌「禾」および「space」に掲載して加筆したものと、何篇かの書き下ろしを載せたものである。

お世話になった思潮社の方々、支えて頂く多くの皆様に心より感謝いたします。

二〇一六年初夏

著者

谷元益男

一九五一年 生まれ

詩集 『夢の器』（一九七七年　山王ライブラリー）
『線を喰う虫』（一九七九年　昧爽社）
『凝固』（一九八四年　七月堂）
『水をわたる』（二〇〇四年　思潮社）
『水源地』（二〇一〇年　本多企画）（第十三回小野十三郎賞）
『骨の気配』（二〇一三年　本多企画）

・現在 詩誌「禾」「space」参加

現住所　〒八八六―〇二一二　宮崎県小林市野尻町東麓五六六七

滑車《かっしゃ》

著者
谷元益男《たにもとますお》
発行者
小田久郎
発行所
株式会社思潮社
〒一六二―〇八四二　東京都新宿区市谷砂土原町三―十五
電話〇三（三二六七）八一五三（営業）・八一四一（編集）
ＦＡＸ〇三（三二六七）八一四二
印刷
創栄図書印刷株式会社
製本
小高製本工業株式会社
発行日
二〇一六年十月三十日